رواية

جُمّان و السلطان

البداية

ليلة من ألف ليلة

د. جُمّان الريحاني

إهداء..

إهداء إلى عشاق الحكايات

إهداء إلى عشاق الليالي الساهرة والحكايات والقصص الغريبة

والمثيرة والجميلة

جمان الريحاني

بداية الحكاية

كان يا ما كان في قديم الزمان وسالف العصر والأوان حيث كان.

كان في ذلك الزمان زمان كان فيه الملوك والسلاطين والممالك والمملوكين.

زمان كان فيه الأمراء والنبلاء، والجواري والإماء، والفرسان والشجعان والجبناء.

زمان كانت هناك قصور وقباب وحدائق وخيام وفي ذلك الزمان كان هناك سلطان ولكنه ليس كأي سلطان، انه حاكم عادل ومحبوب من شعب مملكته بل وسيرته الطيب تجاوزت حدود الأراضي والماء، كل المملكات سمعت عن هذا السلطان.

السلطان حمدان، كان طيب السيرة، خفيف الروح ودافئ القلب، يحب الجميع ويحبه الجميع، يحب الصغير والكبير ويحبه ويحترمه الصغير والكبير.

السلطان حمدان كان أعزبا رغم أن كل السلاطين والملوك في الممالك البعيدة قبل القريبة قد تقربوا منه، بل وتوددوا إليه.

وحتى انه صارحوه بالرغبة في أن يتزوج من بناتهن، فكانوا يعرضون عليه بناتهن الجميلات وبمختلف الأعمار، ويتقدمون إليه ويتقربون إليه بالهدايا وبالجواري الفاتنات، لم يكن يرفض الجواري ولكنه بصريح العبارة كان يرفض فكرة الزواج.

يملك السلطان قصرا يطلق عليه قصر الحريم،
وهذا القصر مليء بالجواري الحسناوات واللاتي يأتينه
هدايا فهو لا يحتفظ بالجواري في قصره الخاص بل
يرسلهن إلى قصر الحريم.

الإعراض عن الزواج

السلطان حمدان معرض عن الزواج منذ سنوات طويلة، والكل يجهل السبب في ذلك،

هل لأنه سلطان؟

ولكن من سيكون ولي عهده ومن سيتولى العرش من وراءه؟

كل هذه التساؤلات لم تكن تعني للسلطان حمدان شيئا، لأنه الوحيد الذي يعرف السبب وراء عدم زواجه

إلى حد الآن، وهو مقتنع تماما، بل ومشغول بأمور مملكته يسعى إلى تطويرها وازدهارها.

جميلات المملكة

كانت المملكة تعج بالجميلات والحسناوات من بنات الأثرياء والتجار والنبلاء.

كان الجميع لا يشغله إلا زواج السلطان، ويتسابقون كل عام من اجب التقرب إليه، فلا يفوتون حفلة ولا مناسبة إلا واستعرضوا فتياتهن في تلك المناسبة، ولا يكادون يفقدون الأمل.

بل وهناك من حرم بناته من الزواج إلى سن متأخر طمعا في أن يختار الملك من بناته يوما.

أما الفتيات فهناك من كانت تحلم حقا بالملك وهناك من كانت تعتقد بأنه يسبب أزمة في عدم زواج بعض الفتيات، وهناك من اعرض عن الارتباط من تلقاء نفسها،

أغلب الفتيات من عائلات الطبقة الراقية كانت عائلاتهن تطمح للعرش .

عيد ميلاد السلطان

في يوم كانت المدينة تستعد للاحتفال بعيد ميلاد السلطان الثامن والأربعون الأسبوع القادم، كانت المملكة تعج بالنشاط فقد عود السلطان أن يقيم حفلا ضخما لكل المملكة ليحفل معهم فهو وحيد بعد وفاة والديه وهنا عائدان من رحلة صيد.

وهو ابن السادسة عشر وقد بقي هو في الغيبوبة لمدة أسبوع وعندما صحا منها كان يرى والديه معه لمدة حوالي العامين حتى تم علاجه بالكامل.

ففي خلال ذاك العامين كان يتردد على القصر الكثير من الأطباء والمعالجين حتى شفي أخيرا.

كان العمال يستعدون للحفل الكبير وقد وعد السلطان حمدان شعبه بإعلان هام هذه الحفلة، تبادر إلى ذهن الكثير بأنه قد يكون إعلان زواج، وقد يبحث عن فتاة لكون عروسا له.

تجهيزات الحفل

كانت المملكة في نشاط وكأنها خلية نحل، شوارع المدينة مكتظة بالعمال، الذين يعلقون الزينة في الشوارع والذين يعلقون المشاعل من أجل إنارة الشوارع ليلة الاحتفال الكبير، والذين يختارون الزينة من أجل القصر، والمهرجون يقومون بجولة تدريبية في أرجاء المملكة. وغيرهم.

كانت المحلات كلها في حالة استعداد، فكل أهل المملكة مدعوون من طرف السلطان بحد ذاته إلى الحفل، فهو يقيم الحفل خصيصا من أجل شعب

المملكة، فكانت محلات الحلويات تتسابق من أجل إعداد أشهى الحلويات وأطيبها، وكذلك محلات الأزياء التي كانت لا تخلو من النساء والفتيات اللاتي يتسابق لاختيار أجمل الأثواب وأكثرها أناقة، يختارون الألوان والأقمشة والقصّات، فكانوا يتنافسون من أجل أن تحظى كل منهن بأجمل إطلالة وأكثرهن تميزا.

زاد اهتمام شعب المملكة بهذا الحفل هذه السنة لأن السلطان حمدان لديه إعلان في عيد ميلاده هذه السنة.

نزل المنادي ينادي في أهل المملكة ويقرأ البيان الذي أصدره السلطان قبل يوم عيد ميلاده والحفل بأيام

..

يا أهل المدينة ويا شعب المملكة العزيز

اسمعوا وعوا

والحاضر يعلم الغائب

اسمعوا القرار بإنصات وإمعان

انه قرار السلطان حمدان

والسلطان حمدان لا يرجع في ككلامه مهما كان

القرار بأن الحفلة هذا العام للجميع

فالدعوة موجهة للعام قبل الخاص

على أصحاب الحرف من نجارين

وصيادين ونحاتين

والفلاحين

على الجميع أن يصطحبوا عائلاتهم من الصغير إلى الكبير.

فحديقة القصر مفتوحة للجميع.

ومن لم يرد الاختلاط بين طبقات المجتمع فهو معفى من الحضور.

ودمتم في الرعاية الإلهية.

موعدنا يوم الحفل.

السلطان

العامة في الحفل

لقد اعتادت الحفلات أن تكون خاصة بالطبقات الراقية والأثرياء والتجار من كبار المجتمع وأعضاء المجتمع الراقي ولسبب ما قرر السلطان أن يدعو الجميع والجميع بلا تمييز إلى حفل هذه السنة.

بالطبع كانت هناك اعتراضات من الأثرياء والمجتمع المخملي ولكن ونظرا لأطماعهم فإنهم لم

يستطيعوا أن يتأخروا عن تلبية الدعوة بل وان يكونوا في مقدمة الحاضرين.

فرح الناس بهذا الإعلان وهذا الحفل الذي اعتبروه حفلا خاصا، كان منهم من يحلم بزيارة القصر، وهناك من كان سعيدا بالطعام الذي سوف يوزع خلال الحفل.

أما بعض الفتيات الفقيرات فكن يحلمن بمشاهدة الحفل الراقص، فكل الحفلات تتخللها فقرات رقص للأمراء والأميرات وهناك الرقص للترفيه من المهرجين أيضا.

لم تكن طموحات الفتيات من الطبقات الفقيرة تتجاوز مشاهدة الأمراء وهم يرقصون ويختارون شريكات الرقص أو مشاهدة فساتين الأميرات.

الشيخ رَهْبَانْ الفلاح

هناك بين الحقول كان يعيش الشيخ رَهْبَانْ الفلاح الذي يمتلك قطعة ارض صغيرة يغرس بها بعض الخضر ولديه عنزة وبقرة ودجاجات وديك.

كان الشيخ رهبان في عمر الخامسة والسبعون سنة، وهو أرمل فقد توفيت زوجته العجوز منذ سنوات طويلة، توفيت بعد الولادة فقد كانت كبيرة في العمر ولم تتحمل حمل الحمل وآلام الولادة.

وفور ولادة ابنته وحيدته توفيت زوجته العجوز الطيبة تاركة وراءها ابنة صغيرة لم يكن الشيخ رهبان يحلم بها يوما.

فقد حرما من الأطفال لسنوات كثيرة ولولا حدوث ما يسميه الشيخ رهبان بالمعجزة معهم لما رزقا بابنة جميلة تملأ عليه حياته وتعوض غياب والدتها وتملأ وحدته بالفرح والبهجة والسرور.

كانت جُمَّان ابنه الشيخ رهبان وأميرته وقرة عينيه ومهجة قلبه وقرة عينه، كانت جُمَّان كل معاني الحياة لوالدها وكل حياته.

كانت تلك الابنة الجميلة والبارة تساعد والدها في الأرض وفي الاعتناء بالحيوانات والبيت.

كما كانت تعد الطعام وتغسل الثياب، كما أنها كانت تحيك الصوف في الشتاء، وتحكي لوالدها الحكايات في ليالي الصيف الطويلة.

وكان الشيخ يحب حكايات ابنته وينصت إليها بإمعان كلما أقبلت على الحكاية بطريقتها وأسلوبها المشوق والراقي.

الجميلة جُمَّان

اقترح الشيخ رهبان على ابنته جُمَّان أن يذهبا إلى الحفلة في القصر، لكن ابنته لم تكن متحمسة جدا، بل كانت تكلم والدها بكل برودة وهي تجلس في الحقل وتعتني به.

كانت تكلم والدها وهي تتنقل بين النباتات في حديقة بيتهم وتسقي الأزهار وتنظف التربة وتمسح الحرق من على جبينها

وهي تضع بندانة سوداء على شعرها مليئة بالورد مطرزة الحواف البيضاء والشعر الذهبي يطل من

تحت البندانة تحمله نسمات الهواء على الجبين بتأرجح على العينين الخضراوين.

وبشرتها ناصعة كبياض الحليب واليد ناعمة ملساء كغيمة ناعمة هادئة تحتضنها سماء الطهر الواسعة.

أما الشيخ رهبان فقد كان متحمسا لمر الحفلة كثيرا، وخاصة أن الدعوة عامة هذه السنة وهذا أمر جدي وهام ولم يحدث سابقا أبدا.

كان الشيخ يرى الفتيات ويسمع الضحكات.

وهن عائدات إلى بيوتهن من السوق يحملن القماش أو الفساتين الجاهزة من أجل الحفلة.

وهو يتمنى لو أن ابنته مثلهن جميعا تشعر بالسعادة وتبحث عن فستان وتفكر فيما تفكر فيه مثيلاتها من الفتيات ومن هن في مثل سنها.

بينما ابنته منغمسة في العمل في الحقل والأرض
ولا تستمع له بشوق ولا تشاركه الحماس للحفلة.

علم الشيخ من تصرفات ابنته بأنها لن تشجعه على حضور الحفلة، ولن تتحمس أبدا، لذا قرر أن يتصرف بنفسه وأن يحاول إقناعها فيما بعد، حتى لو كان عليه أن يرغمها على مرافقته للحفلة في وقت آخر.

توجه الشيخ رهبان إلى بيته وبالتحديد إلى غرفته التي مازال يحتفظ ببعض أغراض زوجته المتوفية فيها.

فتح الشيخ رهبان صندوق ثياب زوجته الكبير والقديم، مع فتح الصندوق فتح باب الذكريات فخنقه

الحزن وأحس بالوحدة وراح يتذكر عن زوجته كل جميل.

فتش الشيخ في الأعراض وبحث حتى أخرج قطعة قماش فستقية اللون ملفوفة على شيء ما، قد يكون فستان أو زي ما.

أخذ الشيخ القطعة وراح يشم رائحتها الطيبة والزكية ودموعه تسيل على خديه بكل هدوء، بعد ذلك قام بفك اللفة

وفتح القماش الفستقي الذي أصبح على حضنه ليأخذ من داخله قماشا خلابا، مليء بالزركشة.

كان القماش باللون الأخضر الزمردي وتتخلله خيوط ذهبية لامعة.

كانت قطعة القماش تلك قطعة هندية، قدمها الشيخ لزوجته كهدية بمناسبة حملها الذي كان مفاجأة لهما، وقد تلقاها الشيخ كجائزة من القصر على حسن عمله وتفانيه هو ومجموعة من الفلاحين الذين تحصلوا هم

أيضا على هدايا متنوعة في ذلك اليوم المليء بالمفاجآت.

بالنسبة للشيخ وزوجته، بعد أن تلقت الزوجة الهدية الثمينة والعجيبة والتي ملأت حياتا بالفرح كخبر حملها السعيد قررت أن تحتفظ بها لابنتها في حال أنجبت بنتا، أو لزوجة ابنها في حالة ما إذا أنجبت ولدا.

مباركة الوالدة

ها قد مرّت الأيام ووفت الزوجة والوالدة الراحة بوعدها وحان الوقت لكي تصل تلك الهدية لصاحبها، وهذا ما رآه الشيخ مناسبا، فقد قرر الشيخ رهبان أن يخرج قطعة القماش المميزة تلك من الصندوق لتتزين بها ابنته الجميلة في حفلة السلطان.

فقد كانت القطعة مناسبة لحفلة في القصر لأن ابنته لا تمتلك ثيابا جديدة لأنهما فقراء وليس لديه مال لكي يبتاع لها ثوبا مميزا رغم أن الفتيات في المدينة

اشترين كل الأثواب لشدة حماسهن للحفل وابنته لم تكن تمتلك ذلك الحماس.

أخذ الشيخ قطعة القماش الهندية وتوجه إلى المدينة فكانت كل المحلات تعج بالفتيات والنساء ولا يوجد مكان يخلو من الفوضى والحفلة أصبحت قريبة الموعد.

فقد الشيخ رهبان الأمل بأن يجد محل خياطة يملك الوقت للتفصيل والخياطة.

فكلما سأل صاحب محل خياطة أو خياط عما إذا كان في إمكانه تفصيل ثوب لابنته أخبره بأن لديه الكثير من العمل ولن يستطيع أن يتحمل مسئولية عمل آخر لن يكون جاهزا مع الموعد المحدد.

الإعلان الهام

كانت الأيام تتسارع وتجري بسرعة وكأنها تتسابق، كان الوزراء وشيوخ المجلس يسألون السلطان حمدان في كل مرة (في كل اجتماع أو لقاء) عن ماهية الإعلان ولكنه رفض لأنه سوف يعلنه أمام الملأ يوم الحفل.

وبعد أيام قليلة وبعد استعدادات كثيرة حل اليوم المشهود وتزين بوابة القصر والحديقة بأجمل الزهور

وأصبحت جنة تحيط بها بحيرة القصر من عدة جوانب، ولبس القصر حلة الفرح والسعادة.

تهافت على القصر المدعوون في عرباتهم وعلى الأحصنة من فرسان وأمراء وعائلات ملكية، وكذلك جاء الوافدون من كل أنحاء المملكة، ومن كل ركن من أركان المدينة من وجهاء وبسطاء.

كان القصر مليء بالمهرجين والبهلوانيين والعازفين والمدعوون يتجولون في أنحاء حديقة القصر، وبين الفينة والأخرى يصل إلى البوابة مدعوون جدد.

وكان السلطان حمدان في الشرفة المطلة على الحديقة يراقب الواصلين وينتظر أن تمتلئ الحديقة بالناس والمهنئين.

وكان يراقب الأثرياء الذين يحاولون تجب المدعوين من الطبقة الفقيرة.

ويحاولن التجمع مع بعض في مكان أعلى لكي يصبحوا أعلى مرتبة ولو من ناحية الحديقة المقسمة إلى طبقات وفيها العديد من المساحات الواسعة.

اللقاء الموعود

كان السلطان حمدان يجلس في الشرفة ويلوح بيديه للحضور الذين يرسلون له بتحياتهم من الأسفل، ولكنه لم يكن مستعد للنزول بعد.

لأنه كان ينظر ويراقب البوابة ويتابع حضور الناس، وحين تدق ساعة الحفلة سوف ينزل إليهم ليفتتح الحفل ويعلن بدء الفعاليات.

كان الحضور متلهفون لبدء الحفلة ومتشوقون وفيهم الكثير من فضوليين الذين يتهامسون بينهم،

يريدون أن يعرفوا أي شيء عن الإعلان الهام الذي سوف يعلنه السلطان في الحفلة.

وباقتراب ساعة بداية الحفلة وصل عند البوابة الشيخ الفلاح رهبان وابنته الفاتنة جُمَّان التي لم تأتي إلى الحفلة إلا مرضاة لوالدها العجوز الذي كان متحمسا كثيرا لدخول القصر ومقابلة السلطان حمدان.

كان الشيخ في أبهى حلة له يلبس سروالا بيج عريضا ومنتفخا أسفل الرجلين ومربوطا عند القدمين، وقميصا لبني اللون وجيلي رماديا وفوقهم رداء وكأنه معطف بني اللون ولكنه عريض ولا أكمام له يشبه البشت الخليجي، ويضع على رأسه قبعة مطرزة من صنع ابنته جُمَّان.

أما ابنته فقد كانت تلبس برنسا ازرق اللون ليلي ولا يظهر من لباسها شيء ولا من رأسها إلا القليل من وجهها.

فجأة قام السلطان حمدان من كرسيه على الشرفة بعد أن لاحظ وصول الشيخ الفلاح وابنته.

وفزع وتفاجأ وكأنه يتوقع حضورهم أو العكس تماما وكأن شخصا قد وصل بينما لا يتوقع أن يفاجئهم في الحفلة، كانت ردة فعله مبهمة غير مفهومة، وهو متوتر متفاجئ ولا يمكن معرفة إن فرحا أو غاضبا من خلال ملامح وجهه.

نزل السلطان إلى ساحة القصر حيث مختلف طبقات المجتمع، وتقدم بهدوء بين الجموع حتى وصل إلى الشيخ رهبان ورّب به، وسلم عليه فقد كان يعرفه معرفة قديمة، فسأله ليذكره قائلا له:

أهلا يا عم رهبان كيف حالك؟

الشيخ:

الحمد لله يا مولاي السلطان نحن بخير تحت ظللك وفي رعايتك وحمايتك، الله أطال عمرك بنا ولكل الملكة.

السلطان:

هل تتذكر لقاءنا السابق أيها الشيخ الطيب؟

الشيخ رهبان:

نعم يا مولاي، قبل عشرين سنة وفي مناسبة سعيدة وقدمت لي هدية لا أنساها.

ثم إلتفت الشيخ إلى ابنته.

وقدمها إلى السلطان وأضاف قائلا.

اسمح لي يا مولاي السلطان أن أقدم لك ابنتي الوحيدة جُمَّان (وأزاح البرنس عن ابنته).

تفاجأ الجميع لجمال الفاتنة جُمَّان ابنة الفلاح
وفستانها الخلاب ذا الأوان الرائعة زمردي وأصفر
ذهبي وهي ناعمة بيضاء البشرة وشعرها الذهبي
منسدل على ظهرها وعيناها الخضراوين تعكسان
الزمردي الذي تلبسه.

سلبت جُمَّان قلوب جميع الحاضرين وأثارت غيرة
الفتيات والنساء بفستانها المتميزة والذي لا مثيل له في
كل الحفلة، ومن المصادفات أن السلطان كان يلبس

نفس اللون تقريبا وهذا سبب إضافي لإثارة الغيرة فقد كانا يمثلان ثنائيا رائعا رغم فارق السن.

ابتسم السلطان ابتسامة هادئة حين رأى وجه جُمَّان وكان لابتسامته كثير من المعاني وكثير من الكلام قالته العيون دون كلمات.

فاحمرّت وجنتا جُمَّان وزادها الخجل جمالها على جمالها الطبيعي الخلاب، ذلك الجمال الهادئ الذي يشبه صباحا ربيعيا برائحة الورد وزهر الربيع وألحان عصافير الحب المغردة.

تم الإعلان عن بدء الحفل بإشارة من السلطان الذي طلب من الشيخ رهبان وابنته مرافقته إلى طاولته التي تتوسط الساحة والتي يجلس عليها بعض الوزراء والوجهاء، استغرب الحضور من تلك اللفتة والحركة التي قام بها السلطان.

فكيف يدعو إلى طاولته شخصا بسيطا من العامة مع ابنته ليجلس معه ويشاركه الكلام والطعام على نفس الطاولة.

استمرت الفعاليات لمدة ساعتين والسلطان لا يكاد يرفع عينيه أو يشيح بنظره عن جُمَّان الفاتنة ابنة الشيخ رهبان.

أمر السلطان بتقديم الطعام ولكنه قام من مكانه لكي يقول الإعلان الذي كان الجميع في شوق لمعرفته، ولكن السلطان فاجأ الجميع بما قاله.

لقد قرر السلطان أن يكون الاحتفال احتفالين وأن تكون المناسبة مناسبتين.

لقد قال وأمام الملأ بأنه قرر الزواج هذه السنة.

وأن تكون حفلة عيد ميلاده هي نفسها حفلة خطبته. يبدو أن قد أعلن عن وجود خُطيبته بين الحضور او ربما سوف يعلن عن حضورها عندما تحين تلك اللحظة المنتظرة.

تساءل الجميع عن الفتاة المعنية وصاحبة الحظ السعيد، ولم يكن أحد يعلم من هي الفتاة المقصودة،

فربما تكون إحدى الأميرات أو ربما هي إحدى الحاضرات في الحفل ولكن لم يكن أحد يعلم من هي وكانوا يتبادلون النظرات بينهم.

فقد كان كلام السلطان يعني بأنه يعرفها وكان ينتظرها منذ فترة من الزمن، وها قد حان الوقت أخيرا لكي يجتمعا وفي بيت واحد وأن يكونا أسرة.

غيرة وحسد

كانت الفتيات يرمقن بعضهن بنظرات ثاقبة، ونظرات حائرة، ونظرات كثيرة التساؤل، ولم تكن عند أي أحد أية فكرة عن الموضوع، حتى الوزراء كانوا يسمعون هذا الخبر والإعلان لأول مرة.

تهامست الفتيات بأن أية فتاة سوف توافق على الارتباط بالسلطان وبأنه لا يمكن أن تفكر من يتقدم لها مرتين، لأنه سلطانهم المحبوب والعادل والحاكم الذي

يولي كل اهتمامه بمملكته وشعبه ويسهر على راحتهم وعلى أن ينعموا بالعيش الرغيد.

كل الفتيات انتابهن الفضول وغمرهن إحساس بالطمع فقد كان السلطان أعلى طموحاتهن وطموحات عائلاتهن الثرية والنبيلة، أما جُمَّان فقد كانت تتناول بعض الفاكهة الموضوعة على الطاولة أمامها وتتأمل الحديقة المبهرة والجميلة.

الخطوبة المفاجأة

أخذت جُمَّان كأسا من الماء لتشرب، حتى فاجأها السلطان بطلبه الموجه إلى والدها، فقد قال أمام الجميع بكل ثقة:

أيها الشيخ رهبان هل تسمح لي بطلبي هذا والمتمثل في طلب القرب منك، وطلب يد ابنتك جُمَّان لتكون زوجة لي؟

ثم التفت السلطان إلى جُمَّان وقال لها:

جُمَّان أيتها الفتاة الطيبة هل تقبلين الزواج بي؟

هل تقبلين أن تكوني زوجتي ورفيقة دربي يا جُمَّان، يا كل من أتمنى في هذه الحياة، يا من انتظرتها لسنوات وسنوات.

في هذه اللحظة أيقن الجميع أن كلام السلطان بأنه كان يعرف الفتاة التي يريد الزواج بها وأنه كان ينتظرها كان كلاما مجازيا، فهو كان ينتظر شريكة حياته بالفعل، تلك التي يعرف بان القدر سوف يجلبها له يوما ما.

لم تستطع جُمَّان أن تبتلع الماء الذي كان تشربه من شدة المفاجأة، فهي لم تكن تتوقع هذا أبدا ولا والدها كان يتوقع حدوث أمر مثل هذا معهم، فهم مجرد فلاحين بسطاء، أناس من العامة.

وقف الشيخ رهبان وانحنى بكل احترام أمام السلطان ورد عليه قائلا:

هذا شرف لنا يا مولاي وكيف لنا أن نرد طلبك هذا، لا يمكن لأي أحد أن يرفض طلبك.

السلطان:

لا يا عم رهبان، أنا لا أريد موافقة بدون تفكير، ولا أريد أن توافق دون أن تسأل ابنتك عن رأيها،

فرأيها يهمني.

كما أنني أريدها أن تكون مقتنعة بشخصي وبالزواج وليس لأنه يجب عليكم الموافقة، وإن كانت ترفض ذلك ولها أسباب مقنعة فأنا أحترم رأيها، أحترم رأيها ومهما كان.

ارتكبت جُمَّان كثيرا ولم تصدق كل ما يحصل وكل الكلام الذي يدور أمامها ومن حولها، أحست بالإحراج كثيرا ولم تعرف بما ترد، فلا هي موافقة ولا

هي رافضة للموضوع، لذا طلبت مدة للتفكير وطلبت من والدها المغادرة.

استغرب الجميع من تصرف الفتاة ولكن السلطان علّق على طلبها بأنه حقها، كما أن لها حقا في الرفض أو القبول، مراعيا كونها أصغر منه بسنوات عدة وبأنه رجل كبير رغم أنه سلطان.

ولكنه يأمل بأن توافق لأنها أول فتاة يتقدم لها بطلب الزواج في حياته رغم أن عمره 46 سنة.

أحست جُمَّان بالأمان من كلام السلطان ولأنه لا يضغط عليها بل يريد رأيها وبصراحة.

أعطى السلطان لجُمَّان مدة أسبوع لكي ترد عليه وتعطيه جوابها، وطلب منها أن ترد عليه بطريقة ذكية وأن لا تصده إن كان جوابها الرفض أو تصدمه.

لقد كان يعاملها بطريقة لطيفة.

بينما كان الجميع مستغربون من كونه قد نزل إلى مستوى فلاحة وطلب يدها للزواج، بينما اعتقد البعض بأنه ربما بينه وبينها علاقة.

رد فعل الجميع

كان الأثرياء في الحفلة متضايقون من قرار السلطان هذا والذي يرون بأنه ليس في محله، فكيف لسلطان وملك وحاكم كل هذه البلاد أن يتواضع ويتدنى إلى فلاح وابنته.

كيف لملك أن يقرر الارتباط بفتاة فقيرة تاركا وراءه كل فتيات المملكة من بنات الوزراء والوجهاء والأثرياء الذين كلهم يرغبون بنسبه ويتمنون أن تكون زوجته إحدى بناتهم.

ولكن وبالرغم من كل هذه الآراء المختلفة والمتضاربة إلا أنه كان وبالتأكيد للسلطان حمدان أسبابه وراء هذا القرار المربك للجميع.

كان الشيخ رهبان فرحا وسعيدا بهذا الخبر وبقرار الملك، وكانت تغمره كل سعادة الدنيا لأن إبنته قد تصبح زوجة هذا الملك العادل، هذا الملك المحبوب والذي يحب شعبه أيضا،

سوف تصبح ابنته الوحيدة والجميلة ملكة وسلطانة إن وافقت، كما قد حالفها الحظ حين تقدم السلطان لطلب يدها دون سابق إنذار ومن دون أن تحلم هي بذلك ولا حتى والدها، فالسلطان كان أبد من أن تتمنى الزواج به أية فتاة من العامة ومن الفقراء تحديدا.

لم يكن الشيخ رهبان يريد أن يضغط على ابنته في موضوع مثل هذا، موضوع مصيري وبالغ الأهمية، ولكنه يتمنى كل الخير لها، كما أنه يرى بأن السلطان هو عريس مناسب لها وسف يحميها ويصونها، إنه زوج مناسب من كل النواحي، طيب ومحترم وعادل ومحبوب.

ولكن الشيخ رهبان رأى بأن تردد ابنته لم يكن في محله لأن السلطان يتميز بكل الصفات الجيد الواجب

توفرها في رجل تكمل حياتها معه، لم يستطع النوم
تلك الليلة

ولم يناقش ابنته في الموضوع وهي الأخرى لم
تنطق ببنت شفة، كانت هادئة طوال الطريق، وفور
دخولها إلى البيت استأذنت والدها وأسرعت إلى
غرفتها لكي تخلد للنوم.

لم يكن تصرفها هذا مفاجئا لوالدها لأنه اعتبر بأن
كل تصرفاتها غريبة طوال هذه السهرة ومنذ أن
عرض عليها السلطان الزواج.

كانت جُمَّان حائرة، هادئة، متوترة مرتبكة غير
مستقرة، ولكنها لا تقول كلمة واحدة، فكرت كثيرا، في
الموضوع وكانت أفكارها صامتة وبدون أي صدى،
غيرت ثيابها ولبست ثوب النوم البيج بالدانتيل وشعرها
الذهبي منسدل على ظهرها.

التفكير العميق

جلست جُمَّان على رجليها واتكأت على النافذة ووضعت يدها على خدها وراحت تتأمل السماء الواسعة والنجوم اللامعة، بتلك العيون الكبيرة الخضراء تتأمل الفضاء الواسع وتلوح بالنظر هنا وهناك،

فقد كانت غرفتها في الطابق الأول من البيت الفقير،

غرفة بأثاث قديم وفراش دافئ وفره لها والدها الذي كان يعاملها كأميرة فهي ابنته الوحيدة والتي رزق بها بعد سنوات طويلة من الانتظار، كما أنها ثمرة الحب الذي كان بينه وبين زوجته الراحلة.

تأخرت جُمَّان في الخلود للنوم ولكنها تمكنت من ذلك بعد سهرة طويلة، سهرة كانت بالنسبة لها طويلة جدا وصعبة ومصيرية.

قبل أن تأوي جُمَّان إلى فراشها ضمّت يديها وأغمضت عينيها ووجها للسماء، تمنت أمنية وطلبت كمن والدتها العون والمساعدة.

قام والد جُمَّان في الصباح الباكر على صوت صياح الديك.

فقام واغتسل وجهّز إفطارا شهيا لابنته حبيبته، وانتظر أميرته حتى صحت لوحدها.

لم تتأخر جُمَّان في النهوض.

فهي متعودة على القيام باكرا لكي تساعد والدها في العمل والاهتمام بالبيت أيضا، ولكنها استقضت هذا اليوم مع صياح الديك، وبقيت في فراشها لبعض الوقت.

نزلت جُمَّان إلى الطابق السفلي حيث والدها يجلس والطعام الشهي الذي أعده للإفطار على الطاولة، فرح الشيخ رهبان برؤية ابنته بوجهها المشرق وابتسامة مرسومة على وجهها لم يكن يعرف معناها.

كانت جُمَّان تحمل لوالدها نبأ هاما، فأول ما جلست أمام والدها والابتسامة تنير وجهها ويعد أن ألقت التحية الصباحية عليه، حتى قالت لوالدها:

والدي لقد رأيت حلما جميلا الليلة الماضية ولي نبأ سار لك.

الشيخ رهبان:

أخبريني، ماذا رأيت؟ وما هو النبأ السار؟

جُمَّان:

أنا أعلم يا والدي بأنك موافق على الزواج وتريد مني أن أوافق على الارتباط بالسلطان.

قاطع الشيخ رهبان كلام ابنته جُمَّان وقال:

اسمحي لي يا ابنتي أن أخبرك بأمر، نعم أنا موافق على هذا الزواج وأتمنى أن توافقي أنت أيضا، لأنني أرى بأن السلطان حمدان هو زوج مناسب لك وسوف يجعلك سعيدة.

كما أنني أتمنى أن تتزوجي قبل أن أفارق الحياة لكي أطمئن عليك، ولكن هذا لا يعني بأنه يجب أن توافقي من هذا المبدأ، كما أن السلطان كان مصرا

على أن يكون جوابك مبني على تفكير ومنطلق من حريتك الشخصية.

جُمَّان:

لا يا والدي أنا لم أقصد ما فهمته، أنا فقط كنت أفتتح الكلام لأن لدي كلاما هاما أريد أن أطلعك عليه، وقرارا اتخذته هذا الصباح وأنت أول من سيعرف به.

الشيخ رهبان:

حسنا يا ابنتي أخبريني ما لديكي.

جُمَّان:

والدي .. والدي العزيز لقد رأيت ليلة البارحة في حلمي والدتي وهي تبارك هذا الزواج، أنا أعلم بأن السلطان حمدان قد أعطاني مهلة أسبوع للتفكير من أجل أن أقدم له جوابي.

الشيخ رهبان:

نعم .. لطالما كانت والدتك تحبك ولطالما كانت حكيمة ولا تريد لك سوى الخير.

جُمَّان:

والدي أريدك أن تذهب الآن إلى القصر، وأن تخبر السلطان حمدان بجوابي وقراري النهائي.

الشيخ رهبان:

ولكن لما العجلة يا ابنتي؟ مازال لديكي الوقت للتفكير، فكري جيدا ولا تتسرعي.

جُمَّان:

لا يا والدي لقد فكرت مليا وتوصلت لقرار ولا رجعة فيه.

كان الشيخ يشعر بالتوتر الكبير ويعتقد بأن ابنته لم تتروى ولم تأخذ الوقت الكافي من أجل التفكير، ولكن جُمَّان كانت واثقة من نفسها ومتأكدة من قرارها.

الشيخ رهبان:

تمهلي يا ابنتي .. وفكري ليومين آخرين، فلا أحد. يستعجلك.

جُمَّان:

والدي لقد فكرت وأنا مقتنعة بما لدي.

الشيخ رهبان:

حسنا يا ابنتي كما تشائين.. لك حرية القرار

جُمَّان:

والدي أنا موافقة على الزواج بالسلطان حمدان، فأنا أحترمه كسلطان وأحترمه كإنسان.

وقد أعجبت بتصرفاته ليلة البارحة انه يبدو إنسان

جيد ورجل جيد وأظن انه سوف يكون زوجا جيدا

الشيخ رهبان:

أحسنت يا ابنتي

ولكن ..

جُمَّان:

أنا موافقة يا والدي ولا داعي لكلمة لكن

توقف الشيخ رهبان عن الكلام ولكنه كان لا يزال يفكر

في أمر ما.

الموافقة على الزواج بلا تردد

فرح الشيخ رهبان كثيرا بقرار ابنته وقفز من مكانه وكأنه طفل صغير سعيد بخبر قدوم العيد، ثم تمالك نفسه وجلس وهدأ وقال:

ولكن يا ابنتي هل أنت متأكدة، أنت لم تأخذي الوقت الكافي للتفكير، ليلة واحدة والسلطان أعطاك أسبوعا كاملا للتفكير.

جُمَّان:

لا تقلق يا والدي، أنا متأكدة من قراري ومقتنعة جدا.

كما أنك أنت موافق ووالدتي تبارك هذا الزواج أيضا، لقد أقنعتني والدتي حين زارتني في حلمي ليلة البارحة.

الشيخ رهبان:

ولكن يا ابنتي هل أنت تحبين السلطان حمدان؟

فالحب هو أحد أهم أسس الزواج، كما أنني أظن أن السلطان يحبك أو معجب بك.

جُمَّان:

لا يا أبي كيف لي أن أحبه وأنا لا أعرفه، أنا أحب أنه سلطان منصف وحاكم عادل.

أحب أنه يعامل شعبه بحب وكرم وحكمة، أحب إنسانيته، كما أنني مقتنعة بالزواج به، فهو شخص محترم واختارني من بين كل فتيات المملكة..

أحب كثيرا من الصفات الموجودة فيه ولكن ليس الحب هو ما جعلني أوافق على الزواج.

وأنا غير مقتنعة بكلامك يا أبي، كيف تعتقد أنه يحبني؟ كيف له أن يحبني وهو لا يعرفني.

ولم يرني في حياته إلا مرة واحدة، نحن لم نلتق إلا ليلة البارحة وهو تقدم لخطبتي في أول لقاء لنا.

الشيخ رهبان:

حسنا.. حسنا يا ابنتي كل هذا لا يهم.

كل ما يهم هو أن السلطان تقدم لك وأنت وافقت على الزواج وأنا سعيد بذلك.

طلب الشيخ من ابنته أن تحضر له ملابسه
والسعادة تغمره وسارع إلى القصر وطلب الإذن
بالدخول، كان لدى الحراس أمر بإدخال الشيخ رهبان
في أي وقت يقف فيه على البوابة.

أخبر الشيخ رهبان والذي جاء لمقابلة السلطان قبل
ان تستيقظ الناس، أخبره بالخبر السعيد وبأن ابنته
موافقة على الزواج.

فرح السلطان غير مهتم بكيف ولماذا وافقت جُمَّان على الزواج، وذاع الخبر السعيد في كل أرجاء القصر وكل أنحاء المملكة.

كان الفضوليون غير مستغربين من سرعة جواب الفتاة الفقيرة ابنة الفلاح على طلب السلطان.

فيما اعتقد البعض بأنه كان يجب عليها الموافقة ليلة البارحة وعندما طلب منها السلطان الزواج في الحفلة وأمام الجميع.

واعتقد البعض أنها محظوظة، واعتقد البعض الآخر أنها وصولية ولم توافق إلا طمعا في المكانة والمال، ورأى البعض الآخر أن هذا الزواج غير متكافئ.

فمنهم من يرى بأن السلطان قد أخطأ الاختيار ومنهم من يرى بأن الفتاة ما كان يجب عليها الموافقة على رجل يكبرها سنا وفرق السن واضح بينهما.

لكن كل هذه الآراء لم تكن ذات أهمية لا بالنسبة للسلطان حمدان ولا عند الفتاة الفاتنة العروس الجميلة جُمَّان.

إعلان الزفاف

تم الإعلان عن الزفاف الذي سيقام هذا الأسبوع، وبدأت الاستعدادات لحفل الموسم، فكانت المملة خلية نشاط، والجميع يريد أن يساعد في إنجاح حفل زفاف ملكهم المحبوب،

هذا الزواج الذي كانوا في انتظاره لسنوات عدّة.

لقد كان ذلك زفاف الملك وزفاف المملكة المنتظر.

نه ملكهم الذي سوف يحصل على ملكتهم وسلطانتهم وأخيرا وبعد سنوات طويلة.

اجتمعت كل نساء الفلاحين لكي يساعدوا الفاتنة جُمَّان في تجهيزاتها الخاصة للزواج.

كان السلطان حمدان قد وجّه دعوة إلى الشيخ رهبان وابنته بالإقامة في القصر حتى يحين موعد الزفاف.

لكن جُمَّان رفضت مع كل الاحترام والتقدير، فضلت أن تبقى في المكان الذي ولدت فيه وعاشت كل حياتها فيه حتى موعد الزواج.

كما أنها أرادت أن تشاركها كل النسوة (نساء الفلاحين وبناتهم) الفرحة فهي تعتبرهم أهلها.

كان الشيخ رهبان يوافق على كل ما تقوله ابنته فو يحبها ولا يرفض لها طلبا.

كما أنه شعر من تصرفات السلطان انه يحب ابنته ولن يغضب من تصرفاتها التي تصبح أحيانا عنيدة.

كانت النساء فرحات بزفاف جُمَّان فقمن بتجهيزها كما يجب، أما هي فقد تلقت الكثير من الهدايا من السلطان بمناسبة الخطبة.

واقتراب الزواج ولكنه لم يلتق بها منذ يوم حفلة عيد ميلاده وسوف يلتقيها فقط حين تزف إليه عروسا.

أرسل السلطان حمدان لعروسه الفاتنة جُمَّان أثواب الحرير والجواهر.

فكل يوم يطرق بابها خدم من القصر، أما بالنسبة لبيت والدها.

فكان لا يخلو من زوجات الفلاحين وبناتهم اللاتي يردن المساعدة بأي شيء والمشاركة في تجهيز عروس السلطان.

أرادت جُمَّان أن تكون عروس بسيط من الشعب لذا قررت أن تبقى في بيت والدها حتى تزف.

وأن تقوم بزفها نساء الفلاحين الذين تربت على أيديهن، لقد كانت تريد أن تشاركهم فرحتها وان يشاركوها فرحتها أيضا.

كانت تريد لهم أن يشعروا بالسعادة وأنها ابنتهم وسوف تظل ابنتهم ولن تعاملها من برج عال بل هي جُمَّان نفسها ولن تتغير عليهم يوما.

وهذا الأمر قد اسعد كل الناس وزاد في محبة جُمَّان في قلوبهم وأصبحوا يرون بأنها فعلا تليق بالسلطان وتستحق لقب السلطانة.

الزفاف الضخم

يوم العرس الكبير قام القصر بدعوة كل الناس لمشاركة السلطان فرحته، أما بالنسبة لموكب العرس فقد انطلق من بيت الفلاح الشيخ رهبان وجال كل المدينة وصولا إلى القصر حيث كان السلطان حمدان واقفا في مقدمة المستقبلين.

رحب السلطان حمدان بعروسه وكل الوفد المرافق لها، فتح لها باب العربة وأمسك يدها لكي يساعدها بالنزول، ثم صعد معها إلى شرفة القصر لكي يحي

الشعب الذي يملأ ساحة القصر والحديقة وخروجا مع بوابة القصر وعلى امتداد الشارع.

كانت العروس جُمَّان ترتدي فستانا ابيض اللون يميل إلى البيج طويل، وبأكمام طويلة وله كشكشة ودانتيل يزينه، كما أنه مرصع ببعض الكرستال على منطقة الصدر، وتضع الطرحة البيضاء الشفافة الطويلة بطول الفستان على رأسها.

أما بالنسبة للسلطان حمدان فقد كان هو الآخر يرتدي أجمل الملابس، كان يلبس بدلة بيضاء تميل للبيج، وقميصا أبيض اللون ناصع البياض، ويضع برنسا بيج اللون فوق البدلة، لقد كانت بدلته تقليدية الصنع، منقوشة بشكل يدوي.

بما أن السلطان لم يقم حفل خطبة حقيقي، ولم يقم بإلباس خطيبته خاتم الخطوبة فقد قرر أن يفعل ذلك في الشرفة وأمام الشعب كله.

فكان قد جهّز لها هدية الخطبة وخاتم الزواج أيضا، كان السلطان يقوم بإلباس زوجته الجميلة جُمَّان الخاتم بعد أن يقوم معلن القصر بالإعلان عن ذلك بصوت عال وواضح.

بعد أن قام السلطان برفع الطرحة عن وجه عروسه الفاتنة التي كانت محمّرة من الخجل ولا ترفع نظرها حياء وخجلا.

ألبسها خاتم الزمرد الذي ورثه عن والدته السلطان والذي تلقته من والده يوم خطبتهما، كان الخاتم يلمع خضرة وصفاء كعيني العروس الجميلة.

ثم قدم لها طاق ألماس يشع بالصفاء والنقاء زيّن لها صدرها وأصبح يزيد فستانها جمالا ويكمل طلتها كعروس.

لقد ألبسها السلطان خاتم الزواج وكان قلبها يدق بسرعة غير معهودة، ولا تعرف ما معنى ذلك، تم كل ذلك تحت هتاف الناس ومباركاتهم للعروسين.

أما بالنسبة للسلطان فقد كان في قمة السعادة، لا يكاد يعرف من يراه بأنه تقدم لخطبة الفتاة فجأة.

وبأنه لا يعرفها معرفة خاصة، ولكن قد يكون هذا حب من النظرة الأولى وقد يكون حب من صنع القدر.

السلطان والحب

مرّ الوقت سريعا وأعلن السلطان عن تقديم الطعام لكل الموجودين، كانت كل أنواع الطعام موجودة من مأكولات وحلويات ومشروبات، وكان كل الناس في سعادة وفرح، والأغاني تملأ القصر وكل أرجائه.

بعد بعض الوقت أخذ السلطان حمدان عروسه إلى جناحهما الخاص، كانت جُمَّان لا تعرف ما تفعله سوى الخجل فهي لا تستطيع أن ترفع نظرها إلى السلطان، أما السلطان فقد كان سعيدا وقلبه مليء بالفرح.

جلست جُمَّان على الأريكة الموجودة في الغرفة وكان السلطان حمدان واقف ينظر من النافذة، ينظر إلى الناس الذين كانوا يهمون بالرحيل، فسأل جُمَّان في حوار دار بينهما وقال:

هل تسمحين لي بسؤال يا زوجتي العزيزة؟

جُمَّان: (بكل خجل وهدوء وصوت منخفض)

تفضل يا مولاي.

السلطان حمدان: (وهو لازال ينظر من النافذة)

أولا، لا تقولي مولاي فأنا زوجك، أرجوك يا جُمَّان نادني حمدان.

ثانيا، هل أنت سعيدة يا جُمَّان بزواجنا؟

جُمَّان:

نعم يا مولاي .. (تلعثمت قليلا)

ثم قالت:

آسفة أقصد نعم أنا سعيدة يا حمدان، كيف لي أن لا أكون سعيدة أليس كل شعب المملكة سعداء.

السلطان حمدان:

لا تتأسفي، أنا أريد أن تكوني على راحتك وأن تتصرفي على طبيعتك، أريدك أن تتعودي عليّ فأنا زوجك وأنت زوجتي الحبيبة.

جُمَّان:

حاضر.. سوف أفعل ذلك.

السلطان حمدان:

اسمعي يا جُمَّان أنا أريد أن أعرف رأيك أنت بزواجنا وليس رأي أهل المملكة، فهل أنت سعيدة حقا.

جُمَّان:

نعم أنا سعيدة، وإن كنت تريد الحقيقة أشعر بالراحة أكثر من السعادة، ينتابني شعور جيد.

السلطان حمدان: (التفت لجُمَّان وسار إليها بضع خطوات ثم جلس على السرير الذي لم يكن بعيدا عن الأريكة كثيرا)

هل لي بسؤال آخر؟

جُمَّان:

تفضل، يمكنك أن تسأل ما شئت.

السلطان حمدان:

شكرا لك على رحابة صدرك واستقبالك الجيد لأسئلتي.

جُمَّان:

لا تشكرني أرجوك، ويمكنك أن تسأل ما شئت.

السلطان حمدان:

حسنا، سؤالي يا جُمَّان هو عن سبب موافقتك على الزواج بي؟ لماذا وافقت على طلبي بالزواج بك؟ أنا سعيد لأنك وافقت ولكن يملؤني الفضول لأعرف كيف اقتنعت ولماذا وافقت؟

جُمَّان:

سوف أخبرك بصراحة، سوف أعدد لك كل الأسباب التي جعلتني أوافق على الزواج، ولكن بشرط واحد، فهل تقبل ذلك؟

السلطان حمدان:

نعم أشرطي ما شئت.

جُمَّان:

حسنا.. اتفقنا.

السلطان حمدان:

ما هو شرطك إذن؟

جُمَّان:

سوف أخبرك لماذا وافقت على الزواج بشرط أن تخبرني أنت بعد ذلك عن السبب وراء طلب يدي للزواج؟ لماذا اخترتني أنا بالذات؟

السلطان حمدان:

أنا موافق وسوف أخبرك وأنا سعيد لذكائك، لأنه حقا يوجد سبب وجيه لاختياري لك ولطلبك للزواج كما أنني كنت أعرف بأنك سوف توافقين.

جُمَّان:

أحقا؟

كنت تعلم ذلك .. أنا نفسي لم أكن بأنني سوف
أوافق فكيف كنت تعرف أنت ذلك؟

السلطان حمدان:

سوف أخبرك فلا تستعجلي.. سوف أخبرك بعد أن
أعرف جوابك عن سؤالي.

جُمَّان:

حسنا، سوف أخبرك، لقد وافقت على الزواج اقتناعا،
اقتنعت بأنك سوف تكون زوج جيد، فأنت شخص
محترم وكل شعب المملكة يشهدون على ذلك، أنت
رجل يستطيع أي شخص يستطيع أن يستنتج بأن سوف
تصبح زوجا وأبا رائعا.

فأنت عادل ومنصف وحنون ورءوف وكثيرة هي صفاتك التي لن يكفيني الوقت لتعدادها.

بالإضافة لأنني رأيت بأن والدي موافق على الزواج مما يعني أنه يرى بأننا نشكل ثنائيا متناغما، ويرى بأنك سوف تحافظ عليّ لأنه يحيني وأنا ابنته الوحيدة.

كما أن والدتي وافقت على زواجنا وباركته، وهذا من أهم الأسباب، لأنني في تلك الليلة رأيت والدتي في حلم جعلني أصحو صباحا وأخبر والدي بأنني موافقة على الزواج.

السلطان حمدان:

هل يمكن أن تحكي لي الحلم؟ بعد إذنك وإن ذلك لم يضايقك.

جُمَّان:

لا لا يضايقني الأمر أبدا، سوف أخبرك، ولكن هل تعلم بأنني لم اخبر والدي بتفاصيل الحلم، (وابتسمت جُمَّان ابتسامة خجولة وطأطأت رأسها)

رفع (السلطان حمدان) رأسه بكل شموخ وكأنه أصبح يملك امتيازا وكان جُمَّان أصبحت أقرب إليه من قربها لوالدها، وسف يتشاطران الأسرار ويصبحان ثنائيا حقيقيا.

جُمَّان:

اسمع يا مولاي (أرجوك لا تقل لي لا تقولي مولاي فمع الوقت سوف أتعود أن أقول اسمك لوحده)

في تلك الليلة وبعد أن عدنا إلى البيت كنت متوترة جدا ولا أفهم شيئا، لا أفهم كل ما حدث ولماذا حدث كل ذلك، فأنا لم أكن متحمسة جدا لحضور الحفل.

ولكن والدي هو من أصر على ذلك وهو من قام بخياطة ذلك الفستان الجميل لحضور الحفلة فأنا لم أكن أملك فساتين كثيرة ولا مناسبة لحضور حفلات في قصور، ولم يسبق لي دخول قصر حتى.

فأنا أقضي كل وقتي في العمل رفقة والدي في الحقل والبيت، ولم أكن لأتخيل أو أحلم بحضور حفل من حفلات القصور والأثرياء.

فكرت كثيرا في طلبك لي للزواج ولم أكن أستطيع أن أفهم لماذا تقدمت لي، استأذنت والدي بالذهاب للنوم ودخلت غرفتي أخذت حماما وجلست أراقب السماء والنجوم وأفكر لأفهم ما حدث ولكنني ولم أستطع فهم الأمر أبدا، كنت حائرة ومتوترة ولكن لم أتوصل لشيء.

والدي كان ومن خلال كلامه واضح أنه موافق ومقتنع ولكنه فضّل الصمت وان يدعني لأقرر بنفسي

ولم يكن يعلم بأنني سوف أوافق صباحا ولا أنا كنت أعلم ذلك.

وبعد طول سهر غفوت دون أن أدري، فجاءت والدتي لزيارتي وكانت كأنها ملاك نازل من السماء، وكانت تحمل شيئا في يديها، كان الوقت صباحا والنسيم هادئ والجو مشع بأشعة شمس لطيفة ووالدتي تلبس فستانا أبيضا، ووجها سميح،

وملامحها مرتاحة ونقية، مسحت على رأسي فقد كنت غافية على السرير بفستان نومي البيج الذي خلدت للنوم وأنا ألبسه.

مسحت والدتي على رأسي وحملت في يدها خصلة من شعري، ثم رسمت قبلة هادئة وحنونة على جبيني، وقالت:

استيقظي يا حبيبتي وصغيرتي جُمَّان، وانظري ماذا أحضرت لك.

لقد كانت تحمل في يدها شيئا ملفوفا في قطعة قماش بيضاء.

أخذت تلك الهدية وأنا لا أعرف ما هي، ثم سألتها:

ولكن ما المناسبة يا أمي فاليوم ليس عيد ميلادي

فأجابت:

خذيها يا حبيبتي واعتني بها إنها هدية حياتك وليس فقط عيد ميلادك.

فتحت القماش لأجد بداخله صندوق فضي لمّاع وكأنه مصنوع من الفضة منقوش بنقوش رائعة، وفتحته فوجدت بداخله ألماسة كبيرة جدا، بل ضخمة، لا يستطيع أحد حملها إلا بيديه الاثنتين موضوعة على حرير أبيض.

فقلت:

ولكن ما هذا يا أمي؟ وماذا أفعل بها؟

فقالت:

هذه الجوهرة هي معنى كل حياتك ووجودك، إنها هدية ثمينة من السماء، يجب أن تحافظي عليها وأن تحفظيها داخل قلبك.

وقفت والدتي وهمّت بالرحيل، مشت خطوتين وأنا لا زللت أتأمل ذلك الحجر الكريم الشفاف واللماع الذي يسلب الألباب، ثم توقفت والتفت لي ونادت عليّ فرفعت بنظري إليها فقالت:

جُمَّان بنيتي تلك الهدية إنها حمدان فحفظيه في قلبك

ثم اختفت والدتي وكأنها تلاشت مع الهواء فاستيقظت من حلمي.

تأثرت جُمَّان بكلامها عن والدتها وكادت أن تستسلم للحزن والبكاء ولكن السلطان حمدان تدارك

الأمر وقال لها:

حلم جميل حقا، يبدو أن والدتك كانت سيدة نقية
وروحها طاهرة، أنا أيضا اشتاق لوالدتي فأنت تعلمين
أنها توفيت عندما كنت صغيرا، هناك بعض الأمور
التي تجمعنا، أليس كذلك؟ (وابتسم لها)

جُمَّان: (ابتسمت ومسحت دموعها التي بدأت تتساقط)

نعم يبدو ذلك يا مولاي.

السلطان حمدان:

هل تعلمين يا جُمَّان من كل ما سبق أنت لم تذكري
شيئا عن الحب.

جُمَّان:

ماذا تقصد؟

السلطان حمدان:

الحب، أظن أن أهم ما يجمع بين شخصين هو الحب، ولا شيء غير الحب.

جُمَّان:

نعم أعلم ذلك، ولكن نحن لا نعرف بعضنا، وأنا لم أرك في حياتي، فأول لقاء لنا كان يوم الحفل.

السلطان حمدان:

حسنا لا عليك، أنا فقط كنت اسأل عن بعض الأمور التي تهمني وأريد أن أعرفها، وأعلم أن علاقتنا سوف تصبح أحسن بمرور الوقت.

جُمَّان:

حان الآن دورك، أردي أن أعرف لماذا طلبت مني الزواج.

السلطان حمدان:

نعم إنه دوري، قد تستغربين جوابي ولكنها الحقيقة وليس لدي غيرها.

إنه الحب، الحب هو ما جعلني أتقدم لك وأطلبك للزواج.

جُمَّان:

الحب؟

هل تقصد أنك تحبني؟

ولكن كيف يعقل هذا؟

نحن لم نلتق أبدا

السلطان حمدان:

الحب، نعم الحب، إنه الحب هو السبب الأول

والأساسي، الحب هو ما دفعني للزواج بك وأكثر من ذلك.

الحب بخلق في القلب والروح قبل أن الوجود، الحب ليس يطلب فقط الوجود معا لكي نحس بالحب، الحب لا يعني أن نكون في نفس المكان معا لكي نشعر به، للحب معان كثير وحالات كثيرة، الحب أقوى من كل شيء في هذا العالم.

جُمَّان:

كنت أظن أن هناك أسبابا منطقية أكثر لكي ترتبط بي للزواج، كضرورة الزواج، أو أنه الوقت المناسب، أو أنك ترى بأنني قد أكون زوجة مناسبة لك، والإعجاب مثلا، أن تكون قد أعجبت بي.

ولكن ليس الحب، أنا لا أعتقد أن الحب يولد فجأة.

السلطان حمدان:

لا تخطئي بكلامك يا جُمَّان فالحب أقوى من كل تلك الأسباب التي عدّدتها، الحب هو السبب لأن يعيش الشخص مع شخص آخر وأن يدفع حياته وعمره ثمنا لذلك الحب.

جُمَّان:

سامحني ولكن أنا لا أستطيع أن أؤمن بالحب مثلك، لأنني لطالما اعتقدت بأن الحب يولد بالعشرة والمعاملة وتبادل العواطف.

وبالرغم من كل ما ذكرته إلا أنني أعرف قصصا عن الحب لم تكن سعيدة أبدا وكلها كانت لها نهايات حزينة وهذا ما جعلني لا أؤمن بالحب ولا أفكر به.

ولكن حين أقول أنا لا أؤمن بالحب فذلك لا يعني أنني لا أؤمن بالحب في حد ذاته بل لا أؤمن بوجود الحب

حقا، فالناس لم تعد قلوبهم تتسع لمشاعر الحب وأحاسيسه.

كما أن الحب بتطلب الثقة والتضحية.

السلطان حمدان:

اسمعي أنا أؤمن بالحب وبأنه موجود في زمننا هذا، ولكن يجب البحث عنه وبصبر، كما أنه قد يكون داخل قلوبنا دون أن ندري.

جُمَّان:

نعم أوافق الرأي قد يكون موجود ولكنه نادر الوجود، ولست أعترض على هذا، الذي لا يمكنني أن أصدقه (مع احترامي ل كوانا لا أطعن في كلامك) هو كيف يكون الدافع الأول لكي تطلبني للزواج.

السلطان حمدان:

أريد أن أسألك يا جُمَّان سؤالا.

جُمَّان:

تفضل.

السلطان حمدان:

لماذا قلت بأنك لا تؤمنين بالحب؟

جُمَّان:

أعرف الكثير من القصص التي تجعلني أعلم وبيقين بأن الحب غير موجود، إنها قصص حزينة ولها نهايات مؤلمة.

السلطان حمدان:

وأنا لدي قصة سوف تجعلك تؤمنين بالحب.

جُمَّان:

اروي لي تلك القصة

السلطان حمدان:

لا.. يجب أن اسمع قصصك أنت أولا، فإما أن تقنعيني بعدم وجود الحب أو أقنعك أنا بوجوده من خلال قصتي.

جُمَّان:

ولكن القصص طويلة وسوف تستغرق روايتها ليال كثيرة.

السلطان حمدان:

لا بأس .. أليس الحي يستلزم البحث وبصبر.

جُمَّان:

نعم.. كلامك صحيح.

السلطان حمدان:

اسمعي سوف أعطيك 30 ليلة لنحكي وتقصي عليّ

ثلاثين قصة مختلفة وبعد ذلك سوف أحكي لك القصة التي لدي، وفي الأخير سوف نرى من منا استطاع أن يقنع الآخر.

جُمَّان:

موافقة.. هل نبدأ الآن؟

السلطان حمدان:

نعم تفضلي.

استلقى السلطان حمدان على السرير وجلست بجانبه الفاتنة جُمَّان وبدأت بقص أولى حكاياها.

جُمَّان:

حكايتنا الأولى يا مولاي هي بعنوان:

حب سراب في حلم عُراب

عُراب وذات الرموش

..يتبع

Sommaire